AF377264

LE
CURÉ DE VILLAGE

TABLEAUX RELIGIEUX

PAR L'AUTEUR DES

TRIBULATIONS.

DÉDIÉ A LA MÉMOIRE DE

M. DE CHATEAUBRIAND.

EN VENTE :

Chez M. Edouard ICARD, Libraire-Editeur, a Auch.

1869

LE

CURÉ DE VILLAGE

TABLEAUX RELIGIEUX

PAR L'AUTEUR DES

TRIBULATIONS.

DÉDIÉ A LA MÉMOIRE DE

M. DE CHATEAUBRIAND.

EN VENTE :

Chez M. Edouard ICARD, Libraire-Editeur, a Auch.

1869

Auch, impr. et lith. de Félix Foix.

PRÉFACE.

Faire comprendre au cœur plutôt qu'à l'intelligence, non point ce que le culte catholique présente d'imposant et de sublime dans nos superbes cathédrales, mais ce qu'il offre de doux et de touchant dans nos modestes campagnes, tel est le but de cet opuscule.

J'ai donc eu en vue de toucher et non point de prouver.

Laissant à d'autres la partie dogmatique, je tâche d'amener à la foi par le sentiment, et de faire aimer ce qu'il faut croire.

Mes lecteurs comprendront, dès les premières pages, que ces vers me furent inspirés par la méditation du *Génie du christianisme;* aussi ne me suis-je fait aucun scrupule d'adopter, non-seulement les idées, mais encore autant que possible, l'expression toujours si poétique de M. de Chateaubriand.

J'ai réuni les divers tableaux qui composent cet ouvrage sous le titre de *Curé de Village,* parce que la plupart des scènes qu'ils représentent sont des fonctions ou des devoirs quotidiens de son ministère.

Maintenant, au point de vue de l'art, on ne manquera pas d'objecter que cette œuvre manque de plan et d'unité, et qu'elle n'appartient à aucun genre de littérature. Ce serait reprocher à un peintre d'avoir réuni dans une même galerie des tableaux dont les uns représentent des paysages, d'autres des intérieurs, des sujets d'histoire, etc. Seulement, j'ai fait en sorte de fondre et d'assortir tellement les couleurs intermédiaires que chaque tableau qui a son action et son cadre particulier s'harmonisât et ne tranchât pas trop fortement avec son voisin.

Du reste, au lieu de me disculper, ce qui serait difficile peut-être, j'aime mieux répondre par ce vers bien connu du lecteur :

Tous les genres sont bons hors le genre ennuyeux.

Heureux, s'il trouve ici une juste application!

LE CURÉ DE VILLAGE.

Première Partie.

I.

PROLOGUE.

Aymi lou prèste de campagno.
JASMIN.

Voyez sur le coteau cet humble presbytère,
D'un vieillard simple et bon asile solitaire,
Retraite de la paix et des chastes vertus.
Là, vit l'homme de Dieu qu'on aime et qu'on vénère,
Dont les pénibles soins, les travaux assidus,
Depuis plus de trente ans, du monde méconnus,
Ont su fertiliser ce fortuné rivage.
De la divinité douce et touchante image,
Il répand des bienfaits, console la douleur,
Instruit avec amour, reprend avec douceur;
L'orphelin délaissé dans ses bras trouve un père,
Le jeune homme un conseil, le vieillard un ami,
Le coupable un refuge et le faible un appui;
Il est pauvre et du pauvre il nourrit la misère.

Oh vous, infortunés qu'il nomme ses enfants,
Si jamais sa bonté, ses soins compatissants
Vous firent supporter les peines de la vie,
Habitants du hameau, dites-nous ses bienfaits,
Les pleurs qu'il essuya, les heureux qu'il a faits.
Pour vous il a quitté le sol de sa patrie,

2

Et ses amis d'enfance, et le toit paternel.
Vous le voyez sans cesse aux pieds du saint autel :
Pour vous, pour vos enfants, pour la paroisse il prie.
Il demande au Seigneur les biens d'une autre vie,
L'espérance et la foi, sa grâce et son amour,
Et pour ce monde aussi le pain de chaque jour.
Il lève au ciel ses mains, afin que du village
Qui lui fut confié s'éloigne le malheur,
Que vos jeunes moissons à l'abri de l'orage
Ne trompent point l'espoir du pauvre laboureur.

Près de l'enclos des morts sa demeure est bâtie.
Comme garde avancée aux portes de la vie,
Sa touchante bonté reçoit l'homme au berceau,
A travers les dangers dirige son enfance,
Apaise sa douleur, adoucit sa souffrance,
Sème de quelques fleurs les bords de son tombeau;
Et lorsqu'enfin sa voix ne se fait plus entendre,
Dans son dernier asile il protége sa cendre.

II.

LE PRESBYTÈRE.

> Il est établi là pour recevoir ceux qui
> entrent et qui sortent de ce royau-
> me de douleur.
>
> CHATEAUBRIAND.

Entrons sous l'humble toit connu des malheureux.
Votre œil y cherche en vain de fastueux portiques,
De vastes cours d'honneur, des lambris magnifiques.
Le luxe des palais, des serviteurs nombreux.
— De pâles peupliers, l'if protecteur des tombes,
L'olivier de Juda, quelques blanches colombes,

Un puits, quelques rosiers, un siége de gazons;
Autour de la fenêtre, une vigne sauvage
Qui couronne le faîte et se groupe en festons,
Du sacrificateur (1) composent l'héritage.

Au milieu de sa cour, sa bienfaisante main
Dans le temps des frimas dispense leur pâture
Aux petits des oiseaux que le froid et la faim
Ont exilés des bois dépouillés de verdure.
Aussi, quand reparaît le soleil du printemps,
La fidèle Progné reconnaît sa fenêtre;
Après un long exil au toit qui la vit naître
Elle vient confier le nid de ses enfants.
Et cependant ce toit, cette simple demeure
N'est point encore à lui; c'est la maison de tous.
Entrez! elle est ouverte en tout temps, à toute heure;
Seulement dans un coin, avec un soin jaloux
Il cache son trésor. Voyez ces fleurs charmantes
Etalant au soleil leurs corolles brillantes.
Oh! comme avec amour il les voit s'entr'ouvrir
Sous les tièdes baisers des brises printannières;
Et comme avec tristesse il verra se flétrir,
Au souffle des autans, ces beautés éphémères
Fragiles comme tout ce qui charme le cœur.

Il soigne de ses mains, en louant leur auteur,
Ces fleurs que pour un jour la prodigue nature
Révêt de tant d'éclat; et leur douce culture
Occupe innocemment les loisirs du pasteur.
Mais ne les cueillez point, car la plus belle rose,
Et la plus embaumée, et la plus fraîche éclose,
Dimanche embellira les autels du Seigneur.

(1) Il m'a été impossible de faire entrer dans le vers : *Ce roi des sacrifices.*

III.

LE DIMANCHE.

Hæc est dies dominica.
Psal.

Dans le temple des champs l'airain sacré résonne.
Du sommet de la tour que le lierre environne
S'élançant dans les airs un son religieux
Annonce aux laboureurs qu'il est fête au village.
Le soleil s'est levé plus pur, plus radieux,
Et sous un ciel d'azur a brillé sans nuage.
L'air est plus embaumé, le bocage plus frais;
Zéphyr plus doucement agite le feuillage;
C'est un jour de bonheur, d'espérance et de paix,
C'est le jour du Seigneur. Pour fermer la chaumière
On presse le retour du matinal berger;
Chargé du pain d'offrande et des fruits du verger
L'enfant marche joyeux à côté de sa mère.

Vous qui portez le poids du jour, de la chaleur,
Dont les rudes travaux, la féconde sueur
Pendant six jours entiers fertilisent la terre,
Venez vous reposer aujourd'hui sur la pierre
Des portiques sacrés du temple du Seigneur.
Ce jour est fait pour vous. Laissez le vert feuillage
Des antiques ormeaux répandre un frais ombrage
Sur vos fronts qu'ont brunis les soleils de l'été.
A l'autel de celui qu'adorent les archanges
Prosternez-vous ensuite avec humilité
Pour chanter avec eux sa gloire et ses louanges.

Bientôt on vous lira le code des chrétiens,
Livre inspiré du ciel, aux pages éloquentes
Sévères aux heureux, mais toujours consolantes
Pour les déshérités du monde et de ses biens.

Je plains l'infortuné dont l'âme tout éprise
De soins matériels méconnaît ou méprise
Le saint jour du repos, n'a d'autre dieu que l'or,
D'autre culte ici-bas que celui d'un trésor.
Tel que les vils troupeaux qu'il mène à la prairie,
Vers la terre courbé, cet esprit immortel
N'a donc jamais un jour pour contempler le ciel
Et pour se consoler des peines de la vie ?

IV.

L'ÉGLISE.

Hæc est verè domus Dei.

On s'empresse à grands flots vers le temple des champs
Où déjà vers le ciel s'élève un pur encens.
On n'y voit pour tapis et pour riche tenture
Que guirlandes de fleurs, que riante verdure;
Mais quels pieux pensers il réveille en nos cœurs !
— Ici, dans les transports d'ineffables délices,
L'adolescent assis au banquet du Seigneur
Vient de ses jeunes ans lui donner les prémices.

— Là sont les fonts sacrés; là de l'enfant d'un jour
Désiré si longtemps, objet de tant d'amour,
L'onde sainte a lavé la tache originelle.
Là, cette pierre usée a reçu son berceau
Lorsque les Séraphins d'une plume immortelle
L'ont inscrit dans le ciel comme un frère nouveau.

— Ici l'on alluma les flambeaux d'hyménée
Quand la jeune Nérine unit sa destinée
Au vertueux berger qu'avant choisi son cœur
Pour mieux porter à deux la joie et le malheur.

Cet autel de Marie et mère et vierge pure
Consacra sa promesse, entendit ses serments;
Et Nérine à sa foi ne se sera pas parjure
Car la fidélité règne encor en nos champs.

— Ici le criminel recouvre l'innocence.
Dans cette obscure enceinte, une larme, un soupir
Sur l'aveu du pécheur fait tomber la clémence,
Et le ciel désarmé pardonne au repentir.

— Là de la vierge sainte et la pauvre chapelle
Que de fois, quand la nuit la couvre de son aile,
Une mère, à pas lents, pour un enfant chéri
Gravissant les sentiers de l'étroite vallée,
Le front dans la poussière implore son appui,
Et bénissant le ciel s'éloigna consolée.

On voit briller les arts dans les palais des rois........
Aux modestes lambris de l'humble sanctuaire
La piété suspend une image grossière
Du patron révéré. De l'orgue aux mille voix
Les sons n'éclatent point sous ses voûtes gothiques,
Mais aux pieds de l'autel, la candeur sur le front,
Les vierges du hameau mêlent de saints cantiques
Aux hymnes solennels de l'antique Sion.

V.

LA PROCESSION.

> L'assemblée commence à défiler en
> chantant, sous la bannière des
> saints.
> CHATEAUBRIAND.

A l'ombre de la croix moussue et vénérée
Qui s'élève au dehors de l'enceinte sacrée
On va s'agenouiller et prier le Seigneur
De bénir les travaux du pauvre laboureur;
Car il faut aux moissons que le ciel soit propice.

Pourtant il est trois jours qui leur sont consacrés,
Où de leurs beaux habits les villageois parés,
Tout le long des chemins et des rives fleuries
Vont répéter en chœur de douces harmonies.
Le signe du salut s'élève dans les airs :
Voilà que le pasteur vient d'ouvrir la carrière,
Et le troupeau, rangé sous la blanche bannière,
Aux vallons étonnés redit de saints concerts.
Mais le bruit de leurs pas cesse par intervalle;
Trois fois sur les moissons on répand l'eau lustrale;
On invoque celui qui tient dans ses trésors
Et les soleils d'avril et les tièdes ondées
Par qui sont au printemps les terres fécondées.
Des joyeux laboureurs les champêtres accords
Sont répétés longtemps par l'écho du rivage.
Surpris de voir passer la pompe du village,
Les hôtes des guérets sortent des blés nouveaux,
Et le lilas fleuri, l'odorante aubépine,
Ombrageant les sentiers de la verte colline,
Sur l'étendard sacré balancent leurs rameaux.

VI.

L'HOMÉLIE.

Sermo meus non in persuabilibus
humanæ sapientiæ verbis.

PAUL.

La foule dans l'église est rentrée en silence.
Le Pontife vêtu d'un simple habit de lin
Vers un siége élevé d'un pas tremblant s'avance;
De la loi de son Dieu le livre est en sa main;
Tantôt de l'Evangile il commente un passage
Pour consoler le juste ou toucher le pécheur.
Du testament ancien il relit une page

D'une voix qui toujours sait aller jusqu'au cœur.
Un jour, c'est de Joseph l'histoire attendrissante,
Demain la triste Agar emportant Ismaël,
L'innocent Isaac, le tombeau de Rachel.

Du peuple aimé du ciel la fuite triomphante,
La manne du désert, la colonne éclatante.
Quelquefois en pleurant, il leur redit aussi
L'enfant de la douleur, le jeune Bénoni
Triste objet de regrets, d'amour et de tendresse,
La fille de Jephté, Tobie, Noëmi,
Et cette aimable Ruth, l'appui de sa vieillesse.
L'air du soir est moins doux que ces simples accents;
Des pleurs coulent des yeux de toute l'assistance;
Il répète souvent: Mes enfants! Mes enfants!
C'est là tout le secret de sa sainte éloquence.

Ici le bon pasteur prêche de vive voix
La crainte du Seigneur et l'amour de ses lois;
Et lorsqu'il est sorti de l'enceinte du temple,
Il prêche par sa vie, il prêche par l'exemple
De sa foi, de ses mœurs et de sa charité.
Aussi dans le hameau comme il est respecté!
Si le vice honteux évite sa présence,
Sa parole toujours pleine de bienveillance
Accueille la vertu, dirige ses progrès,
Dans leur germe naissant étouffe les procès
Et semble pour le pauvre une autre providence.

VII.

LA MESSE.

Hic est sanguis meus novi testamenti.
MARC.

Au moment de monter les degrés de l'autel,
Se frappant la poitrine en inclinant la tête,
Le Pontife debout, d'un accent solennel
Récite, en alternant, ces vers du Roi-prophète :
« J'en appelle, Seigneur, à votre jugement.
» Celui qui sut toujours marcher dans votre crainte,
» Dont l'âme est simple et pure, et le cœur innocent,
» Celui-là montera sur la montagne sainte
» Dans la félicité de ses épanchements.
» Mon âme cependant est pleine de tristesse;
» Seigneur, vous dont l'amour réjouit ma jeunesse,
» Oh! vous serez aussi le Dieu de mes vieux ans. »
. . . .

Le prêtre est à l'autel, que tout genou fléchisse;
Bientôt va s'accomplir l'auguste sacrifice,
Ineffable mystère où le fils du Seigneur
Est à la fois hostie et sacrificateur;
Où Jésus, de l'amour volontaire victime,
Va descendre vivant dans un pain consacré
A la voix d'un vieillard, pour expier le crime
Des coupables mortels. Sur cet autel sacré,
Ce calvaire nouveau qui de feux étincelle,
Dans une coupe d'or un sang divin ruisselle.
C'est le sang qui rougit le front du Golgotha
Quand le soleil pâlit, que les cieux s'obscurcirent,
Que sur ses fondements le vieux monde trembla,
Que pour rendre leurs morts les tombeaux s'entr'ouvrirent :

C'est le sang qui coula sur un bois adoré
Des célestes faveurs source vive et féconde;
De l'immortalité, c'est le gage assuré;
C'est le prix du salut et la rançon du monde.

Oh! des yeux de la foi, je vois les séraphins
De la céleste cour, phalanges immortelles,
De crainte et de respect se voilant de leurs ailes,
Adorer, proternés devant le Saint des saints.
Jusqu'au parvis sacré que tout front s'humilie,
Que tout cœur soit ému, que toute lèvre prie,
Que chacun, élevant de suppliantes mains,
Sous les voiles sacrés de l'adorable hostie
Bénisse sur l'autel le sauveur des humains.

VIII.

LA SOIRÉE DU DIMANCHE.

> Les vieillards viennent converser
> avec *lui* sous les peupliers de
> sa cour.
>
> CHATEAUBRIAND.

Pourtant il va finir le jour de la prière;
Demain des durs travaux rouvrira la carrière.
Auprès de leur pasteur, le soir de ce beau jour,
A l'abri des vieux ifs qui décorent sa cour,
Et dont l'astre des nuits blanchit déjà le faîte,
Les heureux laboureurs vont terminer la fête.
A l'heure où les cités étincelant de feux
Offrent, sous mille appâts, en fascinant les yeux,
La coupe des plaisirs à la foule enivrée,
Ici, dans des propos, des entretiens pieux
S'écoule doucement cette heureuse soirée.

Ici, grave sans faste et sans austérité,
Le Pasteur oubliant les glaces de son âge
Et méprisant l'orgueil d'une vertu sauvage,
Charme les villageois par son aménité.
Mais les enfants surtout ont droit à sa tendresse

— Jésus aimait l'enfance. — Il préside à leurs jeux,
Juge leurs différends, leur sourit, les caresse,
Dans des contes naïfs leur vante la sagesse,
Les charmes d'un bienfait, l'amour des malheureux.
Et toujours ses leçons, douces autant qu'aimables,
Se gravent dans leurs cœurs en traits ineffaçables.
Aussi quand quelques-uns de ces adolescents
Un jour s'éloigneront de vos paisibles champs,
S'ils oubliaient parfois ces vertus d'un autre âge
Qu'on ne cultive plus aujourd'hui qu'au village,
Quand ils respireront l'air impur des cités,
Plus d'une fois peut-être, au milieu d'une orgie,
Jusqu'au sein des plaisirs où s'userait leur vie,
Les discours du vieillard autrefois respectés,
Mêlés au souvenir d'une pieuse mère,
S'en viendront éveiller un remord salutaire.

Mais pourquoi vous quitter ? Qu'ils restent près de vous
Si ce n'est pour répondre à l'appel de la France,
Et sous ses vieux drapeaux voler à sa défense,
Habitants du hameau, votre sort est si doux !
Tous vos beaux jours tissus de paix et d'innocence,
Exempts d'ambition, de soucis, de remords,
S'écoulent fortunés aux vals de votre enfance
Où sont nés vos enfants, où vos pères sont morts.
Telle se déroulant au sein de vos prairies
Entre les frais gazons de deux rives fleuries
Coule paisiblement l'onde de vos ruisseaux.
Qu'iriez-vous demander à des climats nouveaux ?
Que vous font des grandeurs les brillantes chimères ?
Vous avez des plaisirs et plus purs et plus vrais,
Des printemps embaumés, des vallons toujours frais
Et des berceaux ombreux tout pleins de doux mystères,

De l'onde qui s'enfuit le doux gazouillement,
Le concert des oiseaux dans la jeune feuillée,
A travers les grands bois le murmure des vents,
Des plus riches couleurs la prairie émaillée;
Vous avez pour tapis de verdoyants gazons,
Un air pur, un ciel bleu, le cristal des fontaines,
Et les brises du soir qui, passant sur les plaines,
Roulent les vagues d'or de leurs blondes moissons,
Et caressent les fleurs de leurs fraîches haleines.

Deuxième Partie

IX.

LA PREMIÈRE COMMUNION.

Sinite parvulos venire ad me.
MATH.

Laissez venir à moi, disait Jésus un jour,
Ces petits innocents; le doux Jésus répète
Pour vous seuls aujourd'hui ces paroles d'amour.
Voyez ! le temple orné comme pour une fête,
Ces guirlandes de fleurs, ces nuages d'encens,
Le parvis tout jonché de roses effeuillées,
Des larmes de l'aurore encor toutes mouillées
Annoncent que ce jour est un jour solennel.

Déjà vont se ranger aux côtés de l'autel
Une foule d'enfants, de vierges innocentes,
Qui sous leurs voiles blancs d'émotion tremblantes,
Pour la première fois vont goûter le bonheur
Que trouve l'âme pure au banquet du Seigneur.
Les anges sont venus parmi leurs jeunes frères
Présider aux apprêts de ce banquet divin
Et recueillir avec leurs ferventes prières,
Dans des corbeilles d'or, les miettes du festin.
Voici l'heureux moment. Le tabernacle s'ouvre,
Le Saint des saints se montre à leurs yeux éperdus;
Sous se tissu de soie et d'or qui le recouvre
Voilà le pain sacré, le froment des élus.
Venez, c'est le Seigneur, le plus tendre des pères,
Accourez-tous, enfants, embrassez ses genoux.
Venez, vierges aussi, c'est le divin époux;
Des brebis du troupeau vous êtes les plus chères.

C'est pour avoir aimé la reine des vertus
Que le disciple-vierge, à la cène dernière,
Tel qu'un enfant qui dort dans les bras de sa mère
Reposa son front pur sur le sein de Jésus.

Oh ! venez approcher votre lèvre empourprée
De ce sang précieux qui nous a rachetés;
Savourez à longs traits les chastes voluptés
Qu'on puise sans remords dans la coupe sacrée.
Consumés de ses feux, mille fois en ce jour,
En ce beau jour de joie et de sainte allégresse,
D'être toujours à lui répétez la promesse
Et vos engagements et vos serments d'amour....
Donnez-leur, ô mon Dieu, l'aile de la colombe;
Imprimez votre sceau sur leur front radieux,
Qu'à leurs yeux éblouis il se déchire et tombe
Le voile épais des sens qui nous cache les cieux.
Lorsque le monde, enfants, dans ses fêtes brillantes
De ses séductions enlacera vos cœurs,
Quand il vous offrira ses plaisirs enchanteurs
Pour ravir à Jésus vos âmes innocentes,
Dans ces plaisirs suivis de trouble, de regrets,
Gardez-vous d'effeuiller votre belle couronne,
Souvenez-vous que rien ne remplace jamais
La paix de la vertu que le Seigneur nous donne,
Que vous allez goûter aux pieds du saint autel.
Couverts du sang d'un Dieu, de cette impure fange
Vous n'irez point souiller vos blanches ailes d'ange;
Vos serments d'aujourd'hui sont inscrits dans le ciel.

Oh! venez voir régner dans cette étroite enceinte,
Sans que pour elle coule une goutte de sang,
Ce rêve de nos jours, cette liberté sainte
Que les hommes ailleurs chercheraient vainement.
La vierge qui naquit dans une humble chaumière
Coudoie, à ce banquet, la vierge du château,
Et le fils des palais à l'enfant du hameau
Donne le nom chéri, le nom si doux de frère.

Tous les yeux sont mouillés, tous les cœurs attendris;
Contemplez ces parents et ces heureuses mères
Qui viennent à l'autel accompagner un fils,
Une fille adorée, et mêlant leurs prières
Aux prières, aux vœux de ces êtres chéris,
A leur côté s'asseoir à la table divine.

Voyez-vous ce guerrier qui vieillit dans les camps?
L'étoile de l'honneur brille sur sa poitrine;
Au temple il n'était pas venu depuis longtemps.
Aujourd'hui son enfant, l'enfant de sa tendresse,
Sa fille, le bonheur, l'amour de sa vieillesse,
Prédicateur charmant, l'a conduit malgré lui
Aux pieds des saints autels. Ses lèvres ont frémi
Comme pour murmurer les mots de la prière
Il paraît tout ému; cette douce atmosphère
D'innocence, de paix, de tranquille bonheur
Semble avoir pénétré jusqu'au fond de son cœur.
Lui, qui pas une fois n'avait trouvé des larmes
Quand il vit moissonner tant de compagnons d'armes,
Impassible témoin d'innombrables trépas,
Quand le bronze tonnait, dans plus de vingt combats
Où l'avaient appelé la gloire et la patrie,
Du revers de sa main maintenant il essuie
Une larme furtive. Oh! ne rougissez pas
De la laisser couler; cette larme bénie
Qui rafraîchit le cœur est un présent du ciel.

Quand, ce soir, sur le front de sa fille chérie
Il viendra déposer le baiser paternel,
Oh! qu'il apprenne, enfant, de vos lèvres aimées
Que le Dieu des vertus qui, dans cet heureux jour,
Inonde votre cœur d'un ineffable amour
Veut qu'on l'appelle aussi le Seigneur des armées.
Dites-lui quelquefois que le fier conquérant
Dont souvent il vanta les exploits et la gloire,
Le héros qui volait de victoire en victoire,
Alors que le destin qui l'avait fait si grand

De lauriers ombrageait sa tête couronnée,
Qu'il voyait à ses pieds l'Europe prosternée
Aimait à répéter aux courtisans surpris
Que le jour le plus beau de sa brillante vie
Ce n'était point le jour où, sauvant la patrie,
Aux champs de Marengo, de Wagram, d'Austerlitz,
Son front s'était couvert d'une noble poussière,
Ni le jour glorieux où la France guerrière
Sur son royal pavois l'acclamait Empereur,
Mais le jour où, guidé par sa pieuse mère,
Pour la première fois admis au saint mystère
Il s'assit, humble enfant, au banquet du Seigneur.

X.

LA VISITE PASTORALE.

> Quam pulchri super montes pedes
> annuntiantis pacem.
> St-Paul.

Mais depuis quelque temps se répand la nouvelle
Que le premier pasteur, pontife vénéré,
Malgré le poids des ans et guidé par son zèle,
Va visiter bientôt le village ignoré.
Le ciel est inclément, la route difficile,
Qu'importe! il faut qu'à tous il prêche l'Evangile.
Comme le fils des rois l'humble habitant des champs
A droit à sa tendresse; ils sont tous ses enfants.
De la religion la divine influence
Dans ce calme séjour de paix et d'innocence
Exerce son empire et parle encor au cœur;
Le jour où l'on attend l'envoyé du Seigneur
Ce jour sera pour tous une bien douce fête.
Si près de la nature, on croit à son auteur,
Et la foi, sous le chaume, a gardé sa ferveur.

Voyez, dès le matin, comme chacun s'apprête!
A sa porte on élève un bel arc triomphal.
Les jardins ont prêté leur riante parure
Pour décorer de fleurs un berceau de verdure.
La cloche enfin s'ébranle et donne le signal;
Dans la foule aussitôt s'élève un doux murmure,
Un point noir se dessine à l'horizon lointain.....
C'est Monseigneur ! On a reconnu sa voiture.
Mais comment à travers les détours du chemin
Saura-t-il découvrir le modeste village,
Ainsi qu'un nid d'oiseau caché dans le feuillage ?
Et puis dans maint endroit le sentier effondré
Par les torrents d'hiver et le dernier orage
Rendra, sur plus d'un point, dangereux le passage.
Tout est prévu; depuis ce matin préparé
Un char rustique et lourd attendait immobile
Sur les bords du ravin, de rameaux décoré,
Attelé de deux bœufs, qui, d'un pas lent, tranquille,
Conduisent le prélat au sommet du coteau
Où le peuple l'attend; de ce trône nouveau
Il bénit à ses pieds la foule recueillie,
Qui, tombant à genoux, courbe le front et prie.

En ce moment s'avance un timide orateur;.....
Le prélat lui répond, puis avec bienveillance
Il sourit au vieillard, magistrat-laboureur,
Qui vient de déployer son agreste éloquence.
Le signal est donné; la foule sur deux rangs
Se dirige aussitôt vers le temple des champs.
Dès qu'on est arrivé sous le sacré portique,
Le chœur avec le peuple entonne un saint cantique :
« Que celui qui de loin vient au nom du Seigneur
» Visiter et bénir nos modestes campagnes
» A son tour soit béni. C'est lui, le bon pasteur,
» Dont les pieds sont si beaux sur les saintes montagnes. »
— Le prélat s'agenouille aux degrés de l'autel,
Se recueille entouré de ses pieux lévites,
Et plus fervent encor au moment solennel,

Par l'onction sacrée au front des néophites,
En vertu d'un pouvoir ineffable et divin
Fait dans leurs jeunes cœurs descendre l'Esprit saint.

S'abaissant au niveau de leur intelligence,
Il veut voir les enfants, les interroger tous.
Il parle aux plus petits un langage si doux !
A ceux que le pasteur a signalés d'avance,
De précoce sagesse il décerne le prix.
Il bégaie avec eux l'idiome vulgaire;
Il leur fait répéter la naïve prière,
Le signe de la croix qu'ils ont naguère appris
Bercés sur les genoux d'une pieuse mère.
Et pourtant c'est un prince, un chef en Israël,
Ce pontife si doux, si simple en son langage,
Peut-être un Fénelon, un génie immortel,
Ou l'un des grands penseurs, la gloire de notre âge.

Puis il bénit encor ce bon peuple à genoux,
Et dirige ses pas vers le prochain village
Qui pointe à l'horizon, laissant sur son passage,
Dans tous les cœurs chrétiens, un souvenir bien doux.

§ XI.

L'EXTRÊME-ONCTION.

> Ungentes eum oleo in nomine Domini.
> JACOB.

Lorsque d'un corps mortel va fuir l'âme immortelle,
Voyez du bon pasteur se déployer le zèle.
Au chevet des mourants sa consolante voix
Dissipe les terreurs d'une lente agonie;
Il se présente armé d'un crucifix de bois
Pour réveiller l'espoir dans leur âme attendrie.

Entendez-vous ces cris, ces lugubres accents ?
D'où partent ces sanglots et ces gémissements ?
L'ange des derniers jours plane sur la chaumière;
Un vieillard va finir sa pénible carrière,
Et sa voix défaillante appelle le trépas;
Pauvres enfants, bientôt vous n'aurez plus de père,
Votre amour et vos pleurs ne le sauveront pas.
Mais il verra du moins à son heure dernière
L'ami de ses vieux jours, l'ange consolateur
Qui lui rendit léger le poids de l'existence —
Il s'est précipité sur son lit de douleur :
« O mon frère, dit-il, de cette triste vie
» Les nœuds vont se briser, le monde va finir :
» Pour le juste, il n'est pas si cruel de mourir;
» Aux portes du tombeau, laissez frémir l'impie.....
» Montez, âme chrétienne, au séjour des élus :
» Quittez ces lieux d'exil, cette terre de larmes,
» Des célestes parvis allez goûter les charmes
» Et demander à Dieu le prix de vos vertus.
» Anges du tout puissant, portez-la sur vos ailes,
» Vers les champs azurés dirigez son essor,
      » Et sur vos harpes d'or
» Célébrez son triomphe aux voûtes éternelles. »

Cependant l'huile sainte a coulé sur les sens
Du vieillard moribond; il sent à ces accents
Si connus de son cœur renaître l'espérance,
Et de son corps brisé s'éloigner la souffrance.
Ne vous semble-t-il pas qu'un céleste rayon
Du mourant consolé vient d'éclairer le front ?
Dans les embrassements de sa tendre famille
Il ne sent plus l'horreur de ses derniers instants.
Il confie au pasteur la vertu de sa fille,
Il revoit ses amis, console ses enfants,
Recommande à l'aîné les vieux jours de sa mère,
Pour les bénir encor lève ses bras mourants........
Mais l'ange de la mort a fermé sa paupière.

Oh ! vous que l'existence a comblé de ses biens
Et dont la vie entière est une longue fête,
Qui consumant vos nuits dans de joyeux festins,
De myrtes toujours verts couronnez votre tête,
Fuyez, fuyez ces lieux. Ces enfants éplorés
Etouffant leurs sanglots pour consoler leur mère,
Et du buis des mourants les rameaux consacrés,
Et ce cierge bénit dont la pâle lumière
Eclaire cette scène, et le prêtre en prière
Devant le Dieu sauveur qui s'immole pour nous
Et que l'agonisant de ses mains défaillantes
A posé sur son cœur, ces femmes à genoux
De pleurs accompagnant les paroles touchantes,
Que le zèle et la foi suggèrent au pasteur........
Oh ! ce triste tableau de l'humaine douleur
Navrerait trop votre âme et troublerait vos joies.
Mais celui que le ciel appelle dans ses voies,
Celui que le malheur et le monde ont brisé,
Qui connaît des plaisirs les trompeuses chimères,
Au spectale émouvant de ces luttes dernières
Sait quels enseignements il a souvent puisé.

XII.

LA MESSE DE MINUIT.

De cœlo a regalibus sedibus prosilivit.
Sap.

Qui vient troubler ainsi le calme et le silence
Des froides nuits d'hiver ? D'où vient ce bruit confus
Qui s'éloigne parfois et qui tantôt s'avance
De pas lents ou pressés, ces chants interrompus,
Ces milles feux croisés, dans le creux des ravines,
Serpentant dans la plaine, au détour des bosquets,
A l'angle des chemins, au penchant des collines
    Semblables à des feux follets.

Les pieux laboureurs ont laissé leur chaumière,
Bravant la sombre nuit, le froid et ses rigueurs,
A la garde du ciel et de la vieille mère.
Femmes, enfants, vieillards, maîtres et serviteurs
S'avancent à l'envi vers l'antique chapelle
Où priaient leurs aïeux, vers ces mêmes autels
Où pour les consoler, dans ses jours solennels
    · La religion les appelle.

On s'égare parfois loin des sentiers battus,
Quand sous son blanc linceul la neige les efface;
On revient sur ses pas pour retrouver la trace;
Mais le ruisseau déborde et les ponts sont rompus........
Les oisillons qu'abrite une rare feuillée
Par l'hiver oubliée aux arbres du chemin,
Surpris de voir si tard prolonger la veillée
    Gazouillent leurs chants du matin.

Ah ! c'est la grande nuit, la nuit trois fois sacrée
Effaçant en splendeur l'éclat du plus beau jour,
Cette nuit où le fils du roi de l'Empirée
S'exila parmi nous, guidé par son amour;
Où des bergers, témoins du sublime mystère,
Se prosternant devant la crèche d'Ephrata,
Adoraient, aux accents du céleste hosanna,
    L'enfant né d'une vierge-mère.

Les forêts ont des nids pour les petits oiseaux :
Cet enfant qui n'a point où reposer sa tête
Et trouve place à peine entre deux animaux,
Comme il l'avait prédit par la voix du prophète,
Est pourtant le Seigneur, le maître souverain
Qui créa le soleil pour éclairer la terre,
C'est le Dieu tout-puissant qui lance le tonnerre
    Et tient l'univers dans sa main.

Il n'a point de berceau comme les fils de l'homme.
Une étable offre à peine à son hôte divin

Un réduit triste et froid qu'abrite un toit de chaume.
Sa mère avec amour le cache dans son sein,
Couvre de ses baisers son beau front plein de charmes,
Souffre de ses douleurs, réchauffe dans les plis
De sa robe d'azur ses petits pieds bleuis,
     Et sourit à travers ses larmes.

Voilà pourquoi bravant l'inclémence des nuits,
Et guidés par la foi qui conduisait leurs pères,
Ces pauvres laboureurs quittent leurs chauds abris
Pour venir adorer nos augustes mystères.
Aux champs le souvenir ne s'est point effacé
Du grand jour qui scella le pacte d'alliance.
Pourtant sur cette nuit où Jésus prit naissance
     Près de deux mille ans ont passé.

Minuit sonne : aussitôt la foule recueillie
S'agenouille aux autels de feux étincelants.
Du prêtre du Seigneur la parole attendrie
Remplace les Noëls et les rustiques chants.
« Pieux bergers (dit-il), dans ce temple champêtre
» Nu comme Bethléem venez à votre tour
» Entourer de respect, d'hommages et d'amour
     » L'auguste enfant qui vient de naître. »

On voit briller pourtant l'or des vases sacrés
Et l'ornement moiré, luxe des grandes fêtes,
Fruit de pieux loisirs au Seigneur consacrés,
Et les cristaux du lustre aux mouvantes facettes.
Dérobés pour un jour aux serres du château
L'oranger dont l'hiver respecte la parure
Et les camélias ont prêté leur verdure
     Pour orner le divin berceau.

La nuit où pour fléchir l'éternelle justice
Jésus quitte des cieux les royales splendeurs
Pour habiter trente ans ce monde de douleurs,
Le prêtre offre trois fois l'auguste sacrifice;

Et nos pieux pasteurs à la crèche appelés
Par ce sauveur qui vient partager leur misère,
Quand va poindre l'aurore, heureux et consolés
    Regagnent leur pauvre chaumière.

Aussi lorsque pour eux les soleils du printemps
Des peines, des sueurs, rouvriront la carrière,
Quand les rudes labeurs les ramènent aux champs,
Ils ne maudiront pas les heureux de la terre,
Puisque leur Dieu s'est fait humble et pauvre comme eux,
Et qu'ils auront appris dans cette nuit bénie
Que les déshérités des biens de cette vie
    Seront les héritiers des cieux.

XIII.

LA ROSIÈRE.

> Fallax gratia et vana pulchritudo :
> mulier, timens Dominum; ipsa lau-
> dabitur.
>
> PROV.

Heureuse du bonheur qu'à sa mère elle donne,
Voyez près de l'autel la modeste Philis;
A peine seize fois elle a compté l'automne,
Auprès d'elle rangé sur le sacré parvis
De vierges qu'elle efface un essaim l'environne
Paré de voiles blancs symbole de pudeur.
Sur son front qu'embellit une aimable candeur
Le prêtre du Seigneur dépose une couronne.
Simple fille des champs, cet honneur t'est bien dû.
Gloire de nos hameaux, orgueil de nos campagnes,
En te nommant leur Reine aujourd'hui tes compagnes
Te décernent le prix, le prix de la vertu.
Oh ! tant que la sagesse à ton cœur sera chère,
Conserve avec amour ces fleurs de la Rosière.

Quand on n'a que seize ans sans doute il est bien doux
De se voir proclamer sage entre les plus sages,
D'avoir par ses vertus mérité ces hommages,
Et d'en pouvoir jouir sans faire de jaloux.
Ecoutez-moi pourtant : cette fraîche couronne
Qui d'un si vif éclat sur votre front rayonne,
Un jour doit voir flétrir ses brillantes couleurs;
Et bientôt cesseront ces murmures flatteurs
Qui charment aujourd'hui votre oreille attentive;
Des succès les plus doux la gloire est fugitive
Et vaine comme tout ce qui brille ici-bas.
Au milieu du triomphe, enfant, n'oubliez pas
Qu'il faut à la sagesse une autre récompense,
Qu'on doit lever les yeux vers ce prix immortel,
Seul digne de nos vœux que le Seigneur dispense,
Et que de la vertu la palme est dans le ciel.

Sortez, enfants, allez de ce jour solennel
Prolonger les plaisirs et vos doux chants de fête;
Un cortége funèbre en attristant vos yeux
Glacerait les élans de vos ébats joyeux,
La mort vient s'établir à la place où vous êtes.
Ici près de l'autel, tandis que le bonheur
Epanouit le front de la jeune Rosière,
Sous le porche sacré pleure une pauvre mère.
Mais, qu'ai-je dit? Non, non, ne vous en allez pas.
Il est sage, il est bon d'apprendre à la jeunesse
Que les biens et les maux sont mêlés ici-bas,
Que souvent le plaisir est suivi de tristesse.

XIV.

L'ENTERREMENT.

Quasi flos egreditur.
Job.

Sur le seuil de l'église on dépose un cercueil,
Le prêtre cependant de ses habits de deuil
Ne s'est point revêtu comme aux jours funéraires.
Ah ! c'est qu'un chérubin rappelé par ses frères,
Un enfant nouveau-né, jeune exilé des cieux,
S'en vient faire une halte au parvis des saints lieux
Avant de nous quitter et d'essayer ses ailes.
Son front est couronné de lis et d'immortelles.
De guirlandes aussi le temple s'est paré,
De ses riches atours l'autel est décoré
Comme pour une fête; et sous son blanc suaire,
Comme il souriait hier à son heureuse mère....
Le petit innocent semble sourire encor
Tant fut beau son trépas, tant sur son front la mort
Se posa doucement; les cloches ébranlées
Jettent au vent du soir leurs joyeuses volées.

Sur cet ange endormi point d'accents de douleur,
De ces lugubres chants qui portent dans le cœur
Des pensers d'amertume et de sombre tristesse;
Mais des hymnes de fête et de sainte allégresse :
« Sur vos gonds éternels, tournez portes des cieux,
» Et laissez pénétrer au séjour des heureux
» Un beau lis parfumé d'amour et d'innocence
» En naissant délivré des maux de l'existence.
» Heureux qui marchera dans la loi du Seigneur
» Et de toute souillure aura gardé son cœur.
» Qui gravira, mon Dieu, votre montagne sainte ?
» Ce sera le mortel qui vit dans votre crainte

» Pratiquant de la foi les sublimes vertus :
» Pour celui-là, la mort est un jour de victoire
» Qui vient briser sa chaîne; alors dans votre gloire
» Il s'en va partager le bonheur des élus. »

L'office se termine : une vierge voilée,
Lorsque les derniers chants du chœur ont retenti,
Prend dans ses bras l'enfant dont l'âme est envolée
Et va le déposer sur le gazon fleuri
Du verdoyant enclos où dorment les ancêtres.
Pénétrons avec eux sous ces antiques hêtres
Où règnent le silence, et le calme et la paix.
Comme on doit bien dormir sous ces ombrages frais !
Comme l'âme en ce lieu tranquille et solitaire,
Où viennent expirer les vains bruits de la terre
Aime à rêver de ciel et d'immortalité !
La foule a disparu quand le prêtre a jeté
La terre de l'oubli sur cette étroite bière,
Et des derniers adieux murmuré la prière,
Emportant dans le cœur tout plein d'un saint émoi
Des pensers consolants d'espérance et de foi.

XV.

LA MESSE A BORD

> Dominus conterens bella Dominus
> deus sabaoth.
>
> *Psal.*

Voyez-vous s'élancer vers les champs de l'aurore
De nos braves soldats les nombreux bataillons,
Sur cette immense nef traçant de longs sillons
Sur les eaux de l'Egée ou les flots du Bosphore ?
Un homme est avec eux qui partout suit leurs pas,
Un prêtre du Seigneur qui bénit et qui prie,
Qui parmi les hasards, les périls des combats
Fait entendre les mots de ciel et de patrie.

Quand la France naguère autour de son drapeau (1)
Appelait ses enfants pour venger sa querelle,
Quand la conscription décimant son troupeau
Arrachait tant de fils à l'aile maternelle,
Bon pasteur, avec eux il voulut partager
De ces combats lointains, la gloire et le danger;
Aussi lorsqu'à leur tête il quitta la vallée
Plus d'une mère en pleurs se sentit consolée.

On l'aime, on le vénère, on respecte sa voix
Comme la voix des chefs, car notre jeune armée
Qui va vaincre et mourir aux champs de la Crimée
Pour l'honneur de la France et de son Empereur
Sait aussi rendre à Dieu ce qu'on doit au Seigneur.
Se mêlant aux regrets de la patrie absente
On dirait que la foi, fille auguste du ciel,
Est plus ardente au camp, plus vive sous la tente.
C'est le septième jour, jour saint et solennel
Où tout chrétien assiste au divin sacrifice;
Aussi sur le navire on prépare un autel;
Et pour rendre le ciel à nos drapeaux propice,
Sur les flots mugissants les mystères sacrés
Par l'aumônier du bord vont être célébrés.
Plus d'un jeune soldat sur ce lointain rivage,
Aujourd'hui tout ému d'une sainte ferveur,
Croira revoir encore l'église du village
Où naguère il venait entendre son pasteur.

Les cieux sont entr'ouverts! Il descend sur l'abîme
Celui qui d'un seul mot déchaîne l'ouragan,
Qui d'un regard, d'un geste apaise l'Océan
Et calme la tempête. O spectacle sublime!
Pour autel des tambours sur des canons posés,
Pour église la mer qui se déroule immense
Sous la coupole bleue; enfin pour assistance
Des guerriers valeureux comme nos vieux croisés
Qui vont porter au loin la gloire de la France.

(1) La guerre de Crimée.

On croit en ce moment entendre dans les airs
Le prélude enchanteur d'harmonieux concerts
Et le frémissement des harpes séraphiques.
Que le vaisseau réponde aux célestes cantiques
Genou... terre, soldats! — Tambours, battez aux champs !
Clairons, déchirez l'air de vos mâles accents!
Bronzes, tonnez! Et vous que la brise balance
Sur le front des guerriers, nobles drapeaux de France
Frôlez le saint autel de vos plis ondoyants.
Que de nos jeunes preux il bénisse les armes,
Le dieu de Saint-Louis, le seigneur des combats;
Que leurs mères bientôt en essuyant leurs larmes,
Leurs épouses, leurs sœurs les pressent dans leurs bras.

Mais la France aujourd'hui partout victorieuse,
Des bords de la Baltique aux rives de l'Euxin,
De son glaive puissant vient de signer enfin
Pour le repos du monde une paix glorieuse.
Aussitôt au village on a vu le pasteur
Récemment décoré du signe de l'honneur
Reprendre le chemin de l'humble presbytère;
Mais tous des champs lointains ne sont pas revenus;
Plus d'un manque à l'appel, plus d'une pauvre mère
Lui redemande un fils qu'elle ne verra plus!

XVI.

LA VISITE DU CURÉ.

> Si perdiderit unam ex illis, vadit.
> Luc.

Lorsqu'en venant au monde un jeune ange succombe
N'ayant fait qu'un seul pas du berceau dans la tombe,
Oh! ne le pleurez point, car ce n'est qu'une fleur
Avant l'heure du soir par les autans flétrie,
Dont la place au soleil sera vite remplie;
Ce n'est qu'un fruit cueilli dans sa verte primeur.

Mais la cruelle mort a visité naguère
Un humble toit, frappant dans les bras de sa mère,
Sans pitié pour ses pleurs et ses gémissements,
Une enfant son espoir, son orgueil et sa joie
Qui voyait s'effeuiller son vingtième printemps.
Depuis ce triste jour à la douleur en proie
Elle voudrait mourir, oh! qui consolera
Ce pauvre cœur blessé? Qui donc lui redira
Ces mots tout imprégnés de divine espérance
Echos lointains du ciel qui calment la souffrance?
Ce sera le Pasteur : Il gravit à pas lents
Les sentiers sinueux de l'abrupte colline;
Il entre, chaque front à son aspect s'incline,
Et la douleur se tait devant ses cheveux blancs.

Un siége l'attendait; il s'assied en silence
Mesurant d'un regard cette douleur immense
Qui déchire son cœur; il comprend que sa voix
Paraîtrait importune; il sent que la blessure
Est trop récente encor, que toujours la nature
Dans ces cruels moments revendique ses droits;
Le frère bien-aimé de Marthe et de Marie
Fut pleuré du Sauveur qui lui rendait la vie.
Il s'approche du père, et lui serrant la main :
Du courage! dit-il... Je reviendrai demain.
Et quand, le jour suivant, de la triste chaumière
Il repasse le seuil, l'inconsolable mère,
Près d'une blanche couche aujourd'hui solitaire,
Et priait et pleurait seule avec sa douleur.
« Ma sœur, Dieu l'a voulu, » lui dit le bon pasteur.

Pourquoi toujours gémir, ô mère désolée!
Pourquoi toujours pleurer l'enfant de votre amour?
Parmi les chérubins elle s'est envolée
Sur l'aile de la foi, dans ce divin séjour
Où l'âme se revêt de l'immortelle vie,
Où la reine des cieux berce sur ses genoux
La vierge qui s'était dans vos bras endormie;
     Pourquoi la pleurez-vous?

Elle a fui pour jamais ce monde de misères
Où tout n'est que chagrin, douleur et vanité;
Des élus du Seigneur et des anges ses frères,
Elle goûte la paix et la félicité.
Eût-elle su toujours au torrent de nos vices
Opposer sa vertu ? Mais si le Dieu jaloux
De son cœur chaste et pur a voulu les prémices,
  Pourquoi la pleurez-vous ?

Ah ! vous rêviez pour elle un brillant hyménée,
Vous lui cherchiez un cœur qui pût répondre au sien.
Hélas ! si telle avait été sa destinée,
Aujourd'hui son trépas eût brisé ce lien.
La mort est le dernier de tous les sacrifices;
Son âme désormais près du divin époux
Plonge dans l'Océan d'ineffables délices,
  Pourquoi la pleurez-vous ?

Son oreille se plaît aux douces harmonies
Sortant des harpes d'or des brûlants séraphins;
Son œil est ébloui des splendeurs infinies.....
Mais elle n'entend plus dans la gloire des saints
Ces longs cris de douleur qui partent de la terre.
Elle ne voudrait point revenir parmi nous,
A moins que ce ne fût pour consoler sa mère,
  Pourquoi la pleurez-vous ?

En couvrant de baisers cette enfant adorée,
En mouillant de vos pleurs l'or de ses blonds cheveux,
Spectacle déchirant ! d'une voix égarée,
Vous disiez au Seigneur : — O mon Dieu ! toutes deux,
Si vous me l'enlevez, que je meure avec elle,
Me voilà prête aussi, mon Dieu, rappelez-nous.
Sa mort fut cependant si chrétienne et si belle,
  Pourquoi donc pleurez-vous ?

Non ! je ne savais pas ce qu'une faible femme
Pouvait, sans se briser, supporter de douleur,
De cruels désespoirs qui déchirent une âme !
Quel noir pressentiment assaillit votre cœur

Lorsque vous avez vu dans sa lente agonie
Se voiler son regard et si tendre et si doux.
Le Seigneur a rouvert sa paupière endormie,
    Pourquoi la pleurez-vous ?

Je la pleure aussi moi dont le saint ministère
Aurait dû consoler vos poignantes douleurs.
Je pleure quand je vois sous une froide pierre
Enfouir pour toujours avec ses tendres fleurs
Des trésors de candeur, de vertu, de jeunesse,
De grâce, d'innocence. Ah ! si nous pleurons tous,
Je n'ose répéter : Mère, plus de tristesse,
    Pourquoi la pleurez-vous ?

Qu'ai-je dit, ô mon Dieu ! c'est un murmure impie;
Mère, c'est le Seigneur qui donne et qui reprend.
Nous attachons nos cœurs aux biens de cette vie,
Et nous oublions trop que le ciel nous attend.
Aux éternels décrets nous devons nous soumettre,
Bénir la main qui frappe en pliant sous ses coups.
Il a repris ses dons, il en était le maître,
    Pourquoi donc pleurez-vous ?

Mais tout ce qui fut bon, aimé dans cette vie,
Pour d'éternels regrets ne brille qu'un instant.
Il semble que le ciel à notre terre envie
Ce qui devait un jour en faire l'ornement.
La mort ! Mais c'est la loi de tout ce qui respire.
A son heure, à son tour, tout tombe sous ses coups,
L'herbe des champs, l'insecte et le plus vaste Empire.....
    Pourquoi donc pleurez-vous ?

Elle ne voulait pas quitter si jeune encore
Notre joyeux soleil, ce jour pur et serein,
Dont elle n'entrevit que la brillante aurore.
A peine elle effleura la coupe du festin !
Quand vous visiterez sa tombe solitaire,
Lorsque pour y prier vous ploierez les genoux,
Son ombre, vous dira : Je suis heureuse, Mère,
    Pourquoi me pleurez-vous ?

XVII.

LA MORT DU PASTEUR.

> Non recedet memoria ejus.
> Мicн.

Mais un jour je revins, au retour d'un voyage,
Visiter tout joyeux le fortuné village
Où j'avais retrouvé les mœurs de l'âge d'or,
Où mon cœur tout ému me promettait encor
Cet accueil empressé que j'y reçus naguère
De l'hôte bienveillant de l'humble presbytère.

Comme tout aujourd'hui paraît changé! Pourquoi
Vois-je couler partout des pleurs autour de moi!
Ma présence autrefois excitait l'allégresse;
Habitants du hameau, d'où vient cette tristesse?
Et pourquoi de vos champs les travaux désertés,
Et ces sons de l'airain mornes et répétés,
Et la foule à genoux près de la croix de pierre;
Ce n'est point aujourd'hui le jour de la prière.
La faucille repose, et pourtant la moisson
Aux épis jaunissants n'est pas encore faite,
Le bœuf ne trace plus son pénible sillon,
Vous célébrez ici quelque funèbre fête?

— Le ciel nous a ravi le Pasteur vénéré,
Et ce matin, suivis d'un cortége éploré,
Dont il a si souvent soulagé les misères,
Au milieu des sanglots, nous l'avons déposé
Dans la terre bénite où reposent nos pères;
Et Dieu qu'il chérissait a sans doute exaucé
Les soupirs de nos cœurs, nos vœux et nos prières.

— Oh! je comprends alors vos trop justes douleurs.
Le saint vieillard était bien digne de vos pleurs,
Il vous a tant aimés ! Lorsque la providence
L'envoya dans ces lieux, son bonheur le plus doux
Fut de vous consacrer toute son existence;
Son âme était à Dieu, son cœur était à vous.
Elevez une croix sur sa tombe isolée,
Ce sera du pasteur le simple mausolée.
D'épitaphes, de noms et de titres pompeux,
Page de marbre et d'or trop souvent mensongère,
De l'orgueil des vivants monument somptueux,
Que des grands d'ici-bas on charge la poussière;
A l'ombre d'un cyprès, une modeste pierre
Suffit, quand il n'est plus, à l'homme vertueux.

Mais pour que vos neveux conservent sa mémoire,
Gravez bien dans leur cœur cette touchante histoire
De foi, de charité, de pieux dévouements,
De tendresse pour ceux qu'il nommait ses enfants,
De sublimes vertus dont sa modeste vie
Jusques au dernier jour sans éclat fut remplie.

Près de sa cendre aimée allez vous recueillir.
Quand la brise du soir agite la bruyère
Son ombre reviendra quelquefois vous bénir.
C'était l'heure où souvent dans l'enclos funéraire
Pour ceux qui ne sont plus implorant l'Eternel
Il disait aux tombeaux sa touchante prière,
Et sa voix désarmait les vengeances du ciel.

COLOMBES DU PRESBYTÈRE.

> Un puits, des peupliers, quelques blanches
> colombes composent tout l'héritage de ce
> roi des sacrifices.
>
> CHATEAUBRIAND.

Oh! dites-moi, colombes mes amours,
Pourquoi quand tout vous sourit dans la vie,
Quand votre sort est si digne d'envie,
Dites, pourquoi gémissez-vous toujours?

  Pourquoi? quand tous vos jours
  Semblent des jours de fête,
  Et quand le ciel vous jette
  Un si riant destin.

  Toujours en abondance
  N'avez-vous pas du grain
  Qu'en toute confiance
  Vous prenez dans ma main?
  Une onde fraîche et pure
  Pour vous sur la verdure
  Coule au bas du jardin;
  Pour dérober vos têtes
  Au souffle des tempêtes
  Vous avez mille abris,
  Et des berceaux fleuris,
  Et de sombres retraites.

  Que j'aime à voir vos jeux,
  Charmantes tourterelles,
  Et vos ébats joyeux,
  Et vos douces querelles.
  Lorsque sous un ciel pur,
  De votre aile si blanche
  Vous effleurez l'azur
  Du lac que la pervenche

Borde de ses rameaux,
Et devancez légères
Les brises printannières
Qui caressent les flots.

Ma tendre prévoyance
A l'abri des autans
Vous prépare d'avance
Le nid de vos enfants.
Quand ils viennent d'éclore,
Si le nord soufffe encore
Aux branches du noyer,
Auprès de mon foyer,
Votre haleine si douce
Et mon premier baiser
Dans leur berceau de mousse
Remplaceront pour eux le zéphyr printannier.

Ainsi quand tout vous sourit dans la vie
Quand votre sort est si digne d'envie,
Dites-moi donc, colombes mes amours,
Dites pourquoi vous gémissez toujours?

Mais renoncez à ces voyages
Qui de nos fortunés rivages
Vous éloignent pour tout le jour,
Où je croirais que mon amour
N'a plus pour vous assez de charme.

Naguère, vous savez, l'orage vous surprit,
Et tranquilles, au bois, vous passâtes la nuit.
Sans nul souci de mes alarmes
Pour mon repos, ne vous attardez plus !
Du haut de la vieille tourelle
Quand du soir tinte l'*Angelus*,
Oh ! revenez à tire-d'aile;
Rentrez au modeste logis,
Car toujours mon impatience
Craint pour votre inexpérience
Les pièges, les autours et les réseaux maudits.

Et pourquoi déserter le toit du presbytère?
Pourquoi surtout aussi souvent
Aller, dans l'enclos funéraire,
Troubler le saint recueillement
Et le calme de la prière?
Parfois, je vous vois cependant
Folâtrer sur la croix de pierre
Qui, près de l'if au vert rameau,
D'un ange de notre hameau
Protége la froide poussière.....
Quand on rêvait pour elle un riant avenir
Et de longs jours tissus de fêtes, de plaisir,
Sa jeunesse s'était flétrie,
Et la pauvre enfant aux tombeaux
S'en vint demander le repos,
Avant d'avoir porté le fardeau de la vie.
Colombes, roucoulez plus bas,
Et de vos jeux ne troublez pas
La paix de la Vierge endormie;
Colombes, gémissez plus bas,
Et surtout ne lui dites pas
Les cruels ennuis de sa mère.
Dans son lit d'humide gazon
Vous iriez troubler sa poussière,
Et la terre à son jeune front
Serait peut-être moins légère.

LA MAIN DE MA MÈRE.

Poésie Américaine.

> Domine, qui matrem unice
> dilectam recepisti.
>
> St-Louis.

Ainsi que vous, enfants, j'eus une tendre mère
Qui mille fois le jour sur son cœur me pressait,
Me faisait bégayer les mots de la prière,
Et puis veillait, la nuit, à mon petit chevet.
Rien ne pouvait tromper sa tendre vigilance;
D'un baiser sur ma bouche elle essuyait mes pleurs,
Par de douces chansons apaisait ma souffrance,
    Oubliant ses propres douleurs.

Je grandis à l'abri de l'aile maternelle.
Quand arrivait le soir, j'accourais tout joyeux,
Mes petits bras croisés, m'agenouiller près d'elle;
Elle, à genoux aussi, sa main dans mes cheveux
Faisait monter au ciel l'encens de sa prière
Avec les vœux naïfs de mon cœur innocent;
Et le ciel souriait à la voix d'une mère
    Qui l'implorait pour son enfant.

Je n'appartenais plus à ce monde frivole
Tout le temps que sa main s'appuyait sur mon front;
Les anges me montraient leur céleste auréole,
Mon oreille ravie écoutait le doux son
Qu'ils tiraient pour moi seul des harpes immortelles;
Ils m'appelaient leur frère, et brillants de clarté
M'emportaient dans leurs bras ou sur leurs blanches ailes
    Dans le ciel que j'avais quitté.

Un jour, il m'en souvient, jour néfaste en ma vie !
L'on vint, malgré mes pleurs, m'arracher de ses bras;
Ma mère venait d'être à mon amour ravie,
On me le dit, et moi, je ne le compris pas.
Comme la veille encore, je cueillis une rose,
Et puis furtivement je me glissai tout bas
Près de son lit de mort, sa paupière était close,
      Ma mère ne me sourit pas.

Je crus qu'elle dormait. Hélas, sa main pressée
N'étreignit point la mienne; ô mère, ouvrez les yeux,
De prier à genoux, l'heure est bientôt passée,
Et déjà le soleil est bien haut dans les cieux.
Je voulais recueillir sur sa bouche embaumée
Le baiser du matin; pour la première fois
Sa bouche fut muette, et sa voix bien aimée
      Ne répondit point à ma voix.

Le soir agenouillé, seul près de ma couchette,
Et le cœur tout ému, tristement je priai;
Mais sa main ne vint plus se poser sur ma tête;
Pourtant je la sentais encore et je pleurai,
Pendant toute la nuit redemandant ma mère.
Depuis je ne vis plus les anges radieux
Qui venaient autrefois recueillir ma prière,
      Me montrer le chemin des cieux.

L'enfance s'écoula, la riante jeunesse
Bientôt vint m'appeler dans un monde enchanteur;
Ses dangereux plaisirs et leur brûlante ivresse
Séduisirent mes sens et charmèrent mon cœur.
Je fus bien près souvent de perdre l'innocence,
Je me sentais vaincu, je résistais en vain;
Contre tant de périls, sans guide et sans défense,
      Que pouvait le pauvre orphelin ?

Mais le doux souvenir d'une mère chérie
Toujours puissant calmait ces orages du cœur.
C'est à lui que je dois le calme de ma vie,
L'absence des remords, la paix et le bonheur.

Quand du plaisir l'image était trop séduisante,
Quand l'abîme s'ouvrait tout prêt à m'engloutir,
Je revoyais ses traits, et sa main bénissante
    Toujours venait me retenir.

Souvent j'ai cru sentir comme aux jours de l'enfance
Cette main s'enlacer dans mes cheveux blanchis. ..
Ah ! j'ai connu depuis la joie et la souffrance;
Mes sens sont émoussés, mes yeux sont affaiblis,
Et toujours cependant j'entends cette voix chère
Me dire d'un accent qui pénètre le cœur :
Mon enfant, garde-toi de déplaire à ta mère
    En péchant contre le Seigneur.

Lorsque viendra le soir de mon pèlerinage,
Lorsque j'aurai franchi la sombre obscurité
De ce mystérieux et terrible passage
Qui conduit de la tombe à l'immortalité,
La main qui m'a sauvé, cette main de ma mère
Qui souvent à mes yeux fit entrevoir le ciel,
Par un dernier effort me guidera, j'espère,
    Vers le trône de l'Eternel.

LA POÉSIE DU MOIS DE MAI.

Es tournat lou mes de may,
Qué tant play
Quand renay,
Rey d'ous mes porto courouno.

JASMIN.

Soyez béni, mon Dieu ! si je revois encor (1)
Le doux réveil de la nature;
Les bosquets ont repris leur riante parure,
La blanche paquerette aux étamines d'or
Des prés émaille la verdure.
Le papillon prend son essor,
Et de ses ailes éphémères
Etalant au soleil les plus riches couleurs,
Tourbillonne à l'entour des fleurs
Au souffle caressant des brises printannières.
S'enchâssant au milieu des feuillages naissants
Les fleurs des bois, des prés, tout fraîchement écloses,
Mêlent, pour enivrer nos sens,
Leurs suaves parfums au doux parfum des roses.
L'oiseau joyeux retrouve sa chanson;
Sous son dais verdoyant Flore reprend sa place;
L'insecte bourdonnant laisse sous le gazon
Miroiter au soleil sa brillante cuirasse
D'opale, de saphir, d'émeraude et d'azur,
Tandis que le moineau qui sur mon toit sautille
Elève sa jeune famille
Dans les lézardes du vieux mur.

Sous les dômes touffus de jasmin, d'aubépine,
Voyez ces sinueux sentiers
Blanchis des fleurs de l'églantine
Ou de la neige des pommiers.

(1) A l'époque où furent écrits ces vers, l'auteur relevait d'une maladie qui
avait mis ses jours en danger.

Pour charmer dans la nuit sa compagne attentive
Quand leur père rendit sa romance plaintive,
De mes lilas fleuris les odorants rameaux
Des petits rossignols ombragent les berceaux.

Je vous revois aussi, mes douces hirondelles,
    Vous que ramènent les beaux jours
    A mon pauvre foyer fidèles.
    Chez moi vous trouverez toujours
Des moucherons dorés et l'eau du lac limpide
    Qu'effleure votre aile rapide.

    Mais au moment où le tiède zéphir
    Vous ramenait aux rivages de France,
    Oiseaux charmants, j'étais près de mourir,
    Et sous mon toit habitait la souffrance;
Vous ne le saviez pas, et vous avez chanté
Sur les volets fermés de ma pauvre fenêtre...
    Dites, auriez-vous regretté
    L'ami qui vous avait vus naître?
Lorsque, le soir venu, vous rentrez au logis
Et que vous gazouillez de votre voix si douce,
    Près de vos enfants endormis
Dans votre nid tout plein de duvet et de mousse,
    Sans doute vous vous racontez
    Les incidents d'un long voyage,
Les fatigues, le froid, les périls évités,
Et tous les maux soufferts dans un lointain voyage.

    Oiseaux de l'air, hôtes des bois,
    Fleurs des champs, riante verdure,
Dans un transport d'amour prenez tous une voix
Pour bénir de concert le Dieu de la nature.

Voyez-vous cette mère au sourire divin
Dont le regard tout plein d'ineffable tendresse
    Sous ses genoux caresse
Un gracieux enfant plus beau qu'un chérubin?

Oh! voyez-vous comme l'or scintille
Aux plis de sa robe d'azur;
De David c'est l'auguste fille.
Voyez cette étoile qui brille
Sur les lis de son front si pur;
C'est la reine des cieux, c'est la douce Marie
La vierge immaculée, entre toutes bénie.

Partout, en son honneur s'élèvent des autels;
Partout, pour célébrer sa gloire et ses louanges
Vous entendez la voix des anges
S'unir à la voix des mortels.
Ici, sous des berceaux de fleurs et de feuillage
(C'est la richesse du village),
Là-bas, dans les cités, sous de riches lambris,
Chaque soir prosternés sur le sacré parvis,
Tous ses enfants aux pieds d'une mère chérie
Viennent porter l'hommage et les vœux de leurs cœurs.
Car le beau mois de mai qui fait naître les fleurs
Est aussi le mois de Marie !

LE PREMIER AMI.

Légende biblique.

> Tunc canis blandimento
> Suæ caudæ, gaudebat.
> TOBIE.

I.

Exilé de l'Eden, et d'effroi tout tremblant,
    De sa jeune et faible compagne
    Soutenant le pas chancelant,
Adam à l'aventure errait dans la campagne.

    L'anathème du Tout Puissant
Retentissait encor jusqu'au fond de son âme;
    Toujours du glaive étincelant
Son œil voyait briller la vengeresse flamme.
Eve pleurait; voilà qu'en un bosquet touffu
    Qui bordait la riante plaine,
Des tigres, des lions, poussent des cris de haine
    En voyant leur maître déchu :
Ils semblent du regard défier la puissance
    De ceux qu'ils flattaient autrefois.
Le cheval, hier encore, si docile à sa voix
Prend sa course rapide et s'enfuit dans les bois;
La biche, la brebis évitent sa présence.
Des serres d'un milan par un aigle pressé,
Tombe un pauvre oisillon mortellement blessé;
    Et d'Eve une larme brûlante
Vient se mêler au sang (le premier sang versé)
    D'une colombe gémissante..

    Dans l'amertume de son cœur
Adam se dit : « Ceux-là qui nous aimaient naguère
    Nous menacent avec colère
    Ou s'éloignent pleins de terreur.

Tous les êtres créés que Dieu dans sa clémence
A mon pouvoir avait soumis,
Ministres aujourd'hui de sa juste vengeance
Se déclarent mes ennemis. »
Ainsi parlait l'homme dans sa détresse
Quand tout à coup il aperçoit le chien
Qui se couche à ses pieds, et lui léchant la main
Semble implorer une caresse.

Le pauvre animal l'a suivi.
Comme pour partager ses peines, ses alarmes;
Ses yeux sont humides de larmes
Et l'on dirait qu'il pleure aussi.

Pour caresser cette innocente bête
Eve aussitôt fait trève à ses douleurs,
Et posant la main sur sa tête
Sent que moins amers sont ses pleurs.
Le chien reconnaissant saute et joue autour d'elle,
Bondit, s'élance, jappe et revient tout joyeux
A la douce voix qui l'appelle,
Puis se couche à leurs pieds en les couvrant tous deux
De son regard franc et fidèle.

Le Seigneur ne veut pas nous laisser sans appui,
Quoique depuis mon crime il se cache à ma vue,
Dit Adam d'une voix émue,
Puisque dans sa clémence il nous donne un ami.

II.

Déjà deux fois Eve avait été mère,
Et tous les soirs quand il rentrait des champs
Sur son chien notre premier père
Pressait deux beaux adolescents.
Un jour qu'Adam reposait sous l'ombrage
Eve s'était assise près de lui
Tressant des nattes de feuillage;
Le chien, à leurs pieds endormi,

Se lève en tressaillant, flaire, cherche une trace,
Tourne, s'agite, pousse un plaintif hurlement,
Et d'un triste regard mesure au loin l'espace.
Eux, le cœur oppressé d'un noir pressentiment,
Le suivent tout tremblant au fond de la prairie.
Tout à coup l'animal recule épouvanté :
Abel le bien-aimé, froid et privé de vie
  Sur un lit de mousse fleurie,
  Abel gisait ensanglanté.

Des sanglots déchirants et les cris d'une mère
Eveillent aussitôt les échos des déserts,
  Tandis qu'on entend dans les airs
De l'Eternel la voix redoutable et sévère
Qui maudissait Caïn, meurtrier de son frère.

Dès qu'un tombeau qu'Adam a creusé de sa main
A reçu de son fils la dépouille si chère,
Tristement avec Eve il reprend le chemin
  De la cabane solitaire.
Le chien suit pas à pas; d'un regard attendri
  Il contemple Eve qui soupire,
Et lui léchant les mains semble vouloir lui dire :
  Il vous reste encore un ami.
« Le ciel ne nous a point abandonnés, dit-elle
  » Au moment de franchir le seuil,
  » Puisqu'en ce triste jour de deuil
  » Il nous reste un ami fidèle. »

III.

Dans leurs cœurs ulcérés le calme enfin renaît,
Pour la troisième fois Eve devient féconde,
  Et bientôt elle met au monde
  Un enfant qui fut nommé *Seth.*
Pauvre mère ! depuis si longtemps elle pleure.
Son ciel se rassérène : aujourd'hui sa demeure
  Voit luire un rayon de bonheur.

Le prenant dans ses bras, Adam dit au Seigneur :
« Mon Dieu ! vous avez eu pitié de ma détresse,
» Et dans votre bonté, vous me rendez un fils
» A la place des deux qui me furent ravis,
» Afin qu'il puisse un jour consoler ma vieillesse. »

Le chien par les ans affaibli
De ses maîtres aimés vient partager la joie.
Il se dresse, bondit et doucement aboie;
Il semble de plaisir qu'il va pleurer aussi.
Il ne peut plus jusque dans leur asile
D'un élan vigoureux aller comme autrefois
Relancer les hôtes des bois;
Le soir ne le voit plus, d'un pas lent et tranquille,
Marcher en tête du troupeau.
Mais il pressent, malgré sa vieillesse débile,
Que sa fidélité peut encor être utile
En veillant auprès d'un berceau.

Eve qui l'a compris, le flatte, le caresse,
Et lui, par un suprême effort
De gratitude et de tendresse,
Se lève, bondit, tombe et se relève encor.
Bientôt, épuisé de faiblesse,
A ses pieds il retombe mort.

Adam se trouble à cette vue,
Puis il dit d'une voix émue :
« Oh ! que l'Eternel soit béni,
Lui qui jusqu'à ce jour d'allégresse et de joie,
Que sa clémence nous envoie,
Nous gardait un fidèle ami.»

TABLE DES MATIÈRES.